KB089407

RAINBOW | 092

그 후로

공선옥 시집

공선옥

초판 발행 2022년 1월 10일
지은이 공선옥
펴낸이 안창현 **펴낸곳** 코드미디어
북 디자인 Micky Ahn
교정 교열 민혜정
등록 2001년 3월 7일
등록번호 제 25100−2001−5호
주소 서울시 은평구 갈현로 318−1 1층
전화 02−6326−1402 **팩스** 02−388−1302
전자우편 codmedia@codmedia.com

ISBN 979−11−89690−65−6 03810

정가 12,000원

그 후로 | 공선옥 시집

사랑은 이전에도 있었듯이 이후에도 있을 하나뿐인 진리이다. 그의 다른 이름은 선이며 그의 성품은 긍휼이다. 사랑은 동편에서 해가 뜨는 것과 서편에 해가 지는 것에 대한 경탄이며 어느 한 길 외로이 서서 피는 풀꽃들에 대한 감사이다. 사랑은 그분의 옷깃 한 자락 기다림이다. 창조주가 인간에게 바치는 애절한 노래이며 절망의 소용돌이 속에서 떠오르는 고요한 희망이다. 사랑은 고독한 순례자에게 바치는 형형색색 한 다발의 꽃이다.

한 잔의 물도 감사할 줄 알던 그가 그립다.

그는 선한 양심과 거짓 없는 믿음으로 인간과 나라를 사랑하는 사람이었다.

그는 사람들의 생각과 마음을 두드리며 끊임없이 무엇인가를 전달하고자 했다. 자신이 만나는 사람은 물론 그가 속한 조직과 단체를 통하여 조국과 인류를 위하여 기여하고 싶은 열망으로 가득했다.

그가 꿈꾸었지만 이루지 못함을 애통해하던 모습을 떠올려본다. 그리고 그는 활활 타오르는 불꽃이 한점의 재도 남기지 않듯이 어느 날 아침 그렇게 홀연히 빛 가운데로 사라지고 말았다.

그가 생각하는 인간 사랑, 그가 생각하는 조국과 세상에 대한 사랑은 모두가 다 자유로울 수 있는 그런 세상이다. 그것이 부든 가난이든, 기쁨이든지 슬픔이든지.

그가 추구하고 꿈꾸던 세상 아름다운 내 조국 자랑스러운 대한의 사람들….

그 후로 나는 무엇을 해야 할까? 오늘도 나는 세상 한가운데를 서성여 본다.

그를 보내고 정신없이 사는 날들을 코로나라는 감염병이 한 세상을 지배하고 있다. 누군가는 언제쯤 이 세월이 끝날 건지를 예측하기도 하고 어떤 사람은 미래의 세계는 그냥 이러한 세상이 될 거라고 말을 한다. 세상 사람들이 모두 마스크를 쓴 거리의 풍경들은 우울한 그림들인데 상실의 아픔이 아직 큰 내게는 마스크가 고맙다. 정말인지 행복이 미안한 것이 되어버렸다. 지난 일요일은 내게는 너무 컸던 그가 그냥 한 줌의 재가 되어 뿌려진 그곳에 다녀왔다. 그를 두고 온 그날은 한겨울이었는데 추석을 앞두고 찾은 그곳 나무들은 푸르고 꽃들은 아름답게 피어있었다. 이제 이 세상 어디에도 없는 그지만 그나마 세상에서 내가 그를 찾을 수 있는 유일한 곳이다. 생전 남편의 사진은 차마 보지 못하고 그와 함께 간 곳도 찾기 힘든 곳이 되고 말았지만 자연만이 존재하는 것처럼 느껴지는 그곳은 내게 너무나 감사하게 생각되는 곳이다.

우린 왜 그렇게 사랑하고

왜 그렇게 싸웠을까.

그 삶이 너무나 잔인하게 느껴져서 울 때가 많다. 어쩌면 그가 떠났다는 사실보다도 그와 내가 살아온 세월이 더 아픈 건지도 모른다. 첫 마음을 잃어버린 많은 날, 인내가 부족했고 용서도 자비도 없이 이기심으로 짓밟혔던 시간이 부끄럽고 미안해서 운다. 내가 그의 발이 되어주면 되었을 것을 그가 나의 팔이 되어주면 되었을 것을 우리는 서로 다리를 내어놓으라고 팔을 내어놓으라고 했었다. 미안하다. 그래도 그가 남기고 간 아들과 딸, 그를 닮은 듯 닮지 않은 두 아이가 있어서 현실의 바람을 담대히 마주할 수가 있다.

나에게 시라는 것은 무엇이었을까.

아름다운 것 청초한 것 흐르는 시냇물처럼 맑고 고요한 것이라고 여겨지는 그런 것이었다. 사랑이고 기쁨이고 하늘이고 구름이며 온 우주에 펼쳐지는 한 폭의 수채화 같은 것이다. 그리고 그냥 머리에 담아둔 생각들을 끄집어서 내려놓듯 글을 썼다. 아픔이 눈물방울이 되어 떨어지고 슬픔은 노래가 되어 흘렀다. 그렇게 시를 좋아하고 시를 썼다. 소위 말하는 시적 질서가 그 기본이 무언지도 모른 채 좋아서 그냥 썼다. 내 영혼의 울림을 모아 모아서 혼자만의 시간을 갖고 혼자만의 공간에서 시를 쓴다는 것은 나의 삶을 승화시켜주는 유일한 출구다.

소스라치듯 파란 하늘이 보석처럼 반짝이고 비단결 같은 기운이 눈물처럼 온몸을 휘감아 오는 하루가 시작되면 나는 꿈을 꾼다. 기다리던 그 사람이 올 듯 말 듯… 그리운 사랑이 올 듯 말 듯 천상의 선율이 시간을 가르고 하루를 적시는데 종소리가 울린다. 가버린 그 사람이 추억이 되어 날고 강물이 되어 흐른다. 그는 마치 꿈을 펼치듯 산으로 언덕으로 나비가 되고 꽃이 되어 날아오른다. 이별은 사랑보다 깊고 삶보다 너그러운 빈 잔. 그날의 꿈과 추억을 엮을 리본을 찾아내어 인생 첫 시집을 엮는다. 아직은 그리운 사람을 그리워할 수 있기에 나는 행복하다. 해처럼 빛나고 달처럼 아름답고 군대처럼 당당하게….

공선옥, 첫 시집을 엮으며 ──────────

차례

1부   아침을 붙들다

2부　창안의 이야기

3부   강물이 흘러서

4부   그후로

5부   꽃잎 같은 딸을 두고

사랑은 여러 모양으로

꼭 필요한 사람에게 다가선다

열정으로 희생으로

세상에서 가장 아름다운

모습을 하고서

그리움으로 피어나

기다리는 자에게 선물처럼 다가온다

초월이며 믿음으로 다가오는 헌신

형태를 말하기엔

가늠할 수 없는

너무나 작고 너무나 큰 것

홀로 존재하는 것이다

사랑은 알 수 없는 것이다. 어떤 요구나 의도 없이 그냥 일어나는 것이다.

누군가를 사랑하는 즐거움을 통해

자신의 완성됨을 느끼고 기뻐할 수 있는 것이다.

그 어떤 충동보다 강하며 함께 하고자 하는 정열이다.

사랑은 참된 것을 더 참되게 하고 신성한 것을 더 신성하게 한다.

사랑은 더 이상 말을 필요로 하지 않는 언어이다.

사랑은 초월적인 실체이나 외로워서 눈물 흘리고

까닭 없이 슬퍼할 줄 아는 진실이다.

그 언어는 눈물로 인하여 자라난 생명 샘이다.

1

아침을 붙들다

투명한 창

시간 속에 묻혀가는 슬픔을
내 심장의 박동 소리에
가두었다

숨길 수 없는 투명한 창
호흡처럼 갇힌 이별이여
사랑이 처음 마음을 스칠 때처럼
순간이 빠르게 지나갔으면

영원하다는 사랑은 유한했고
이별은 시간에 쫓겨
무한처럼 다가왔다

다시는 볼 수 없는 아침

순간의 아침이
유한하여
다시 볼 수 없듯이
사랑이 이별이
아침처럼 왔다가
아침처럼 떠났다.

하루

소스라치듯 파란 하늘이
보석처럼 반짝이고

비단결 같은 기운이
눈물처럼 온몸을 휘감아 오는
하루의 꿈을 꾸었네

기다리던 사람이 올 듯 말 듯
그리운 사랑이 올 듯 말 듯

천상의 선율은 시간을 가르고
하루를 적시는데
종소리가 울리네

가버린 사람이
추억이 되어 날고
강물이 되어 흐르고

그가 꿈을 펼치듯
산으로 언덕으로 나비가 되고
꽃이 되어 날으네

오늘

오늘이 지날 무렵
산책로 길 따라
한 외로움을 만났다

노을은 붉디붉고
가신 임은 소식 없는데
추억 같은 사랑이

옷소매를 붙들고 울어 엔다.

가는 길 한 길마다 발걸음 따라
방울진 것들이 흘러내린다
노을처럼

겨울나무

너는
모진 바람을 맞으며 앙상한
가지를 떨고 있구나

나는 알지 네 속에 품은 생명을
깊은 꿈틀거림을

너의 추억을 나는 알지
잎 푸른 날의 꿈

열매가 된 네 청춘을

그대는 흐른다

어디로 가는지
멈추는 듯
떠나는 그대는

산의 꽃들도
봉오리를 열고
연둣빛 새순도
봄을 여는데

올 듯 말듯
흐르는 그대

자꾸만 흐른다
신화 속 시시포스처럼
멈추지 못하고

내 하얀 꿈속을 지나
바다를 건너고
산을 넘는다

흰 구름 1

아득히
신비를 머금은 채
고요히 숨어
멈춘 듯 흐르는 듯

파란 하늘을 두르고
흰빛 머금은
그대는 이별도
그리움도

희고 푸른 손을 저을 때
나는
추억이라고 믿는다

그대는 흘러간다
스스로를 비우며

흰 구름 2

슬픔을 닮은
그리움을 안고
희미해진 추억을 안고
스스로를
텅 비우는 빈 의자

내가
앉을 수 있도록
하얀 칠을 한
솜털 같은
빈 의자를 만든다

바람처럼 지나간
그리움
희고 맑고
아득히 잡힐 듯 잡히지 않게

저 멀리
자꾸 흐른다

애가

폭풍이 거세게 몰아치던 날
당신은 다리 하나를 잃었고
나는 팔 하나를 잃었다

내가 당신의 발이 되어주면 될 것을
당신이 내 팔이 되어주면 될 것을
우리는 발을 내놓으라고 팔을 내놓으라고
애증의 시간을 보냈다

당신이 떠난 후 이제 나는 안다
당신과 나는 다리와 팔을 잃은 게 아니었다

잠시 서로의 마음을 잃은 거라는 걸
인생이 미련하고 우매하여
하나님의 계획을 몰랐던 거라는 걸

이제야 당신이 남겨 놓고 간 마음을 담는다
행여 놓칠세라 떨면서 담는다

하지만
남은 나의 마음은 어찌해야 할까요

하늘에 있는 당신에게

눈을 뜨는 아침, 당신이 보고 싶어 또 눈을 감으면 어느새 밤
아침인지 밤인지도 모른 채 당신이 보고 싶어 계속 잠을 잤지요
자고 또 자도 나타나지 않는 당신이 보고 싶어 다시 눈을 감기도 합니다

오늘은 새벽인 줄 알았는데 밤이었어요
낮과 밤을 구분하지 못하고 한밤을 서성이는
시간이 언제쯤 끝이 날까요
꽃이 너무 예뻐도 미안하고
날이 너무 좋아도 미안하고
맛있는 걸 보아도 미안해요

세상의 모든 좋은 것들이
다 미안한 것들이 되어버리고 말았네요
이 시간이 대체 언제쯤 끝이 날까요

부르면 언제든 빛처럼 나타나던 사람
공기처럼 늘 내 가까이 머무르던 사람
어느 날은 한여름의 소나기도 되었다가
크리스마스날 반가운 눈송이 같기도 했던 당신을
나는 다 담아낼 수가 없었지요

당신을 거기 뿌리고 온 다음 날 아침
한강 위에 뜬 큰 황금빛 하트
당신이 보낸 건가요?!

"여보 나도 사랑해"
응답이 당신에게도 닿았나요
여전히 장난꾸러기 당신
천국에서도 하나님께 하트 만들어달라고 졸랐나요
그러지 않아도 돼 여보 당신 마음 다 알잖아

그대 떠난 자리

한낮 한밤 소리 없는 아우성
꿈을 꾸듯 넘어선 날들
수많은 생각과 손길로
수 놓아진 시간과 공간

어둡고 춥던 날을 지나고
별들이 춤을 추던 밤을 지나
소스라치던 창 너머의 이야기

봉우리 속
다시 오르는 이름 모를 꽃잎
여백의 비워진 이 자리

창을 열고 맞이했던
그대의 자리에
바람이 스쳐 지나갑니다

숨어 숨을 쉬는 풀잎
기도하는 어머니의 무릎 위로
햇살은 슬그머니 고개를 숙입니다

단 한 번이라서

더 소중한 그대와 나의 뜰을
오늘이 다시 밀고 들어옵니다

스쳐 지나갈 바람처럼
추억이 되고 꿈이 되어 버리는
이 자리에

아침을 붙들다

우연치고는 꿈같은 만남
꿈이었으면 좋을 이별

아침 아홉 시 사십 분
그 아침을 붙듭니다

눈을 뜨지 않으면 밤일 테니
눈을 감지 않으면 아침일 테니

우연치고는 꿈같은 만남
우연치고는 꿈같은 이별 때문에
아침을 붙들려고 잠을 잡니다

아 하나님
저는 잘 모르겠습니다
저에게 가슴 찢기지 않는
이별이라도 가르쳐 주십시오

당신은
모든 것을 끝낸 것처럼
미소 머금은 얼굴로
영원을 찾아 떠났습니다

밤을 붙들어
아침을 보지 않을 수 있다면
아침을 붙들어
이별하지 않을 수 있다면

눈을 뜨지 않으면
이별도 없을 터이니
그 아침을
붙들 수 있을 터이니

이별

당신의 의미인 나,
나의 의미인 당신이 없는 공허한 세상에
나뭇잎이 발아래 떨어졌습니다

겨울이 지나 봄이 오려는데
이제야 자신을 던집니다
나뭇잎은
긴 겨울을 너무 오래 참았나 봅니다

나무는 나뭇잎을 울지도 않고 떠나보냅니다
나뭇잎도 미련 없이 자신을 던집니다
하지만
나는 몰랐습니다
사람을 아름답게 떠나보내는 것을 몰랐습니다

나뭇잎이 제게 말을 합니다
그리도 이쁜 색을 머금었던 것은
이별을 위한 준비였다고
나무도 나뭇잎을 기쁘게 떠나보냅니다

이별을 품에 안은 세상도
그 울음을 참습니다

다시 오는 계절을 준비하기 위하여

땅속 깊이

희망을 저장합니다

외나무

긴 밤을 찢는 천둥소리
심장의 고동조차도
멈추어 버릴 것 같았던 시간

산 그림자의
배고픔보다 참기 힘든 고독
눈물로도 거두지 못할
외로운 신음 소리

여보시오
거기 어느 누구 없소!
힘껏 소리쳐 불러 봐도
아무런 대답 없는
시린 찬바람 소리

여전히 귓전을 맴도는
그대의 따뜻한 음성
갈피를 잡은 바람 소리가 들려준
당신의 응답
사랑했다고

노을

살구빛
언저리에
한가득 추억

먹구름 멀리 흘러
산 너머 기운다

서둘러 빛을 잃은 석양
저 재 넘어 살고 있겠지

보고픈 그대
그곳에 가면 볼 수 있겠지

정원의 꿈 1

누군가는
먹음직한 복숭아가 탐이 났고
누군가는
붉은빛 사과가 탐이 났다

장미꽃 어우러진
이름 모를 동산에서.

그의 정원에서
나는 사과가 되었다가
복숭아도 되었다.

낮은 해처럼 빛나고
저녁은 달빛 아름다운 밤

들판의 꽃이 되어
장미가 복숭아가
사과가 되던 날의 꿈

정원의 꿈 2

정원의 담장이 무너지던 날
풀잎조차 스러지고

말을 잃은 꽃잎들이
흩어져.

하늘도 울던 날
꿈을 꾸듯 홀로 선
그대, 황무지에
다시 핀 들꽃

벼랑 끝 굽이 돌아
소스라치던 향기로
피어오른 가엾은 꽃
정원의 기억을 씻어 내고

찬비에 시린 허리
바람에 숙여, 군대처럼 당당했던
슬픈 날을 지켜 낸다.

소중한 것

지나가는 것들보다는
당신이지요
꽃보다 향기로운 당신입니다

그윽한 선율 되어 타고 흐르는
당신의 속삭임

알 수 없는 바람의 이야기보다
이내 색깔이 바뀌는 계절보다
늘 미소 짓던 당신의 얼굴

바다는 안을 수 없고
하늘은 만질 수 없는데
부드럽게 와 닿던 당신의 손길

태양보다 뜨거운 가슴입니다
사랑이 지나간 자리입니다

어디로…

이제 나
어디로 가야 할까
어디로
바람이 부는 곳으로 갈까

어디로 갈까
어느 곳으로
구름이 흐르는 데로 갈까

그대는
갈 곳이 너무 많았나 봐
멈추지 못하고 흐르기만

할 일도 못 하고 흐르기만

영원

당신은
어떤 일을 하느냐 보다는
어떤 존재가 되어야 하는지가 중요했지요

능력보다는 인격이 커지기를 바란 것은
세상을 소란 가운데로 몰아넣는
능력을 사랑하지는 않았기 때문입니다

당신은 무지한 자의 열심과
인간 열정의 독이 빠질 때까지
광야를 배회하였지요

더 짙은 존재가 더 옅은 존재로
향하는 것을
보다 못해 그리하셨습니까

세상이 만드는 현실이
현실이 만든 세상이 더욱
존재하기 힘이 들어 그리하셨습니까

차라리 무가 될지언정
무로 기울어지는 것은

용납하기 힘들었을 테지요

그날 당신의 미소를 읽었습니다
"나의 의로움을 가지고 판단하지 마십시오"
아! 소리치고 싶으셨나요

이제 당신 안에 있던 그 나라
여기도 있건만
살아있는 것 모두가 선하다고 하시더니
그냥 그리 가셨습니까

차라리 무가 될지언정
무로 기울어지는 것은
용납하기 힘들었다고 말해주십시오
희미한 것은
영원이 아니었으니까요

당신은 나의 책

당신은 나의 책
나는 거기 쓰이는 글이었습니다

나는 당신의 책
당신은 나의 책에 쓰이는 글이었습니다

책 위에 햇빛 한가득 쏟아지던 날
우리의 활자들은 춤을 추었습니다

어둠이 깔리던 날도
등불 하나 밝혀 놓고
우리의 글들을 수놓았습니다

당신은 나의 글
나는 당신의 책

당신은 나의 책
나는 당신의 글

바람이 모질게 불던 날
하나 남은 등불마저 꺼졌습니다

우리는
한 방울의 기름조차 없음을 알았습니다

눈물방울이 글 위에 떨어졌습니다
우리의 책들이 휘날렸습니다

이리로 저리로
찢어지고 짓밟히며
비바람과 함께 길 위를 뒹굴었습니다

나의 책이여
나의 글들이여

이제
당신은 영원을 찾아 떠나고

나 혼자 책을 찾아 나섭니다
나 혼자 글을 찾아 나섭니다

잃어버린 것은 없습니다
허무를 넘는 영원의 책

무의미를 넘는 영원의 글이 되었습니다

낡고 오래된 좁은 길
저편에
웃음 한가득 머금은 나의
책 위로 다시 햇빛이 눈부십니다

사부곡

미안해요.
죽을 만큼 미안해요
당신을 아프게 해서 당신을 슬프게 해서
당신 마음을 찢어 놓아서 미안해요

당신이 그랬지요
모두가 떠나는 거라고
이별은 언제나 가까이서
자신의 시간을 기다린다고.
누구의 잘못도 아니라고.
곧 만나는 거라고

잠시 서로 다른
시간과 공간의 이동이라고
그런데 당신 어찌 알았나요
먼저 떠날 걸 어찌 알았나요
왜 그랬어요 언제나 내 곁에 있을 것처럼
항상 지켜줄 것처럼 왜 그랬어요

그런 말 하지 마오

누군가는
당신을 그런 사람이라고
누군가는
당신을 저런 사람이라고

하지만
아파보지 않았으면
말하지 말아요
그런 말 하지 말아요

사랑하지 않았으면
미워하지도 말아요
용서해보지 않았으면
그리 말하지 마오

그런 말 하지 마오
저런 말도 하지 마오
가슴에 돌덩이를 얹고도
웃어보지 않았으면

뼈가 시린
외로움도 몰랐다면

광막한 그곳에서
울어보지 않았다면

북풍 한파 모진 겨울
견뎌 보지 않았으면
춥다고도 하지 마오
봄을 기다리지도 마오

상처

언젠가
당신은 거기가 아프다고 했고
나는 여기가 아프다고 했어요

우리는 서로 다른 부위를 가리켰지요
거기가 아니고 여기라고
여기가 아니고 거기라고

그런데 둘 다였어요
거기도 아프고 여기도
아픈 거였지요

넘어질 때
한 곳만 다치지는 않아요

가슴이 아프니 몸도 아픈 거지요
모두는 연결된 거니까
세상과 우리는 한 몸이니까

세상이 아프니 당신도 아프고
당신이 아픈데 난들 아니 아플까요

우린 함께 넘어졌으니까

당신은 팔을 다치고
나는 다리를 다친 거지요

그럼 이렇게 하면 됐잖아요
내가 당신의 팔이 되고
당신이 나의 다리가 되고

대답할 이 없는데

여보…
잠 깨고 나서 불러본 이름
꿈인 듯 생시인 듯
여보
대답할 리 없는데.

너무나 보고 싶은
그리운 이름
눈물 또 눈물

텅 빈 거실
텅 빈 방들
당신이 없으니
냉장고 음식도 그대로요

그리움
죽어도 못 잊을
이름
허공을 향해
여보
부르고 울어버린 이름

대체
언제쯤 잊을 수가 있을까
언제나 그립지 않을 수가 있을까요
날이 갈수록
시간이 흐를수록 가슴은
더 시려 오는데

장이 끊어질 듯 아파요.
그리움이 사무쳐서인지
당신 얼굴은 왜 이리 또렷한 거요

수많은
기억들이 가슴을 찢어 놓는 밤

그날의 추억 한 소절이 생각나
내 흰머리 처음 발견한 그날
그 흰머리 들고
당신이 놀라 서 있던 어느 날

내 손에 있던 흰머리 한 올 받아 들고
책갈피에 꽂으며

당신이 하던 그 말을 잊을 수가 없는데
"애들아! 엄마 흰머리다" 기억하라고.

이제
누구라서 내 흰머리 고이 들고
책갈피에 꽂을까요
안타까워할까요

오직 한 사람
당신 그리운 이름
여보
눈물
또 눈물…

사흘 후

생명!
그가 하늘을 차일같이 피셨다

땅들이 싹을 내고 꽃을 피운다
나무들도 온몸을 팔랑거린다

발등까지 꽃빛 머금은 대지가
촉촉이 젖어 온다

산들이 손뼉을 치며 노래한다
바다가 온몸을 출렁이며 춤을 춘다

우레 같은 음성
백향목이 꺾이는 듯하다

그 한가운데
그가 거기 앉으셨다

사랑은 동편에서 해가 뜨는 것과 서편에 해가 지는 것에 대한 경탄이며
어느 한 길 외로이 서서 피는 풀꽃들에 대한 감사이다.
사랑은 그분의 옷깃 한 자락 기다림이다.
창조주가 인간에게 바치는 애절한 노래이며
절망의 소용돌이 속에서 떠오르는 고요한 희망이다.
사랑은 고독한 순례자에게 바치는 형형색색 한 다발의 꽃이다.

2

창 안의 이야기

창 안의 이야기

창밖에서 안을 보니 그가 거기 있었다
호기심 가득 찬 눈으로
창문 너머를 바라보고 있었다

창밖에서 안을 보면 나는 거기
갇혀있는 사람이 된다

그림만 가득한 창밖은 소리가 없다
상상하는 소리가 그림과 뒤엉켰다

눈을 맞지도 못하고 비를 맞지도 못하고
스치는 바람결에 볼을 댈 보지도 못하였다

그렇게 나는 오랫동안
창 안에서만 밖을 보았다

무지개가 되다

어느 날 영문도 모르는 채 강을 건넜다
시퍼런 물빛에 질려 발걸음을 재촉하였다
강 건너 보이는 불빛이 따스한데 여기는 차가웠다
강 건너 소리는 떠들썩한데 여기는 고요했다

거기서 웃던 웃음소리를 그리워하고
그날들이 그리운 시간이 흘렀다
물빛보다 차가워진 가슴에 강물이 흘렀다
사랑보다 뜨거운 눈물이 흘렀다

아름다운 무지개가 되었다
일곱 빛에 둘을 더한 무지개가 되었다
하나는 상처
하나는 치유를 더한 사랑

너는

한여름 마당 한 켠에서
담벼락 옆 거기서

늘 비켜서는 듯
낮은 포복 자세로

맑은 날 피었다가 빨리도 지는
너는 왜

너는 태양을 사랑하는 거지
너는 대지를 사랑하는 거지
이럴 수도 저럴 수도 없는…

너의 색이 하도 붉어
네가 더 오를 줄 알았건만
바닥에 잔뜩 엎드린 채로
겸손하여 핀 꽃 생각이 많구나

너는 흙을 더 사랑하는 거지
그를 두고 더 멀리 갈 수는 없는 거지

정열의 빛으로

그를 감싸 안으며

핏빛 세상 아픔을 담는 게지

광야

광야는 헤매는 곳이 아니라
갈 곳을 아는 나그네의 길이다

잠시의 낙을 버리고
고통스럽지만 가야 할 길이다

광야의 나그네란
짐을 줄이고
목적지가 있는 길이다

광야는 고독의 시간이다
고통이 아니라
홀로 있는 것의 의미다

혼자 있을 줄 안다는 것은
외로움의 고통이 아니라
삶의 두려움이 아니라
성숙하는 것이다

고독으로 장성하고
믿음으로 성숙하는

광야는 헤매는 곳이 아니라
갈 곳을 아는 나그네의 길이다
그 광야에 길을 내는 우리는
짐을 줄인 나그네이다

그들은

어떤 이야기가 있었을까
무슨 생각을 했을까
그들은

저 빛 저 옥토가 저리도
이쁜 것은
저리도 눈부신 것은

떠오르는 태양 빛에 감탄하고
감사로
하루를 시작했을 것 같아
그들은

행복을 담아 사랑을 담아
집에 돌아갔을 것 같아
광주리 위로
햇빛만 비치어도
감사는 한가득이었겠지

무슨 이야기를 나누었을까
오늘처럼 내일 또 만나

내일도 모래도 그렇게 살자고
다만 그랬을 것만 같아
그들은

내일도 오늘처럼 저 빛 다시 보고
다시 이곳에 올 수 있기만을
기도했을 것 같아 그들은

내 이름은 고독

모진 바람인들 없었을까
허리가 끊어질 듯한
폭풍을 견디어내고

한밤을 울리는 천둥소리가
심장을 깨부수는 날을 지나왔네
우직한 이웃 하나 없는
캄캄한 밤도 홀로 견디었네

불혹을 지난 것처럼
지천명을 건넌 것처럼
못 견딜 것 하나 없는
날들이 되었네

여보시오
여보시오…
웅 웅대는 바람 소리뿐…

그것이 대답인 줄 이제 알았네
그 바람 소리가 그리운 날이 되었네

그래

이렇게 사는 거라고
바람이 말하였네

구름이 내 머리를 스치는 날이면 곧
친구 될 비가 올 것이네
그래 이렇게 사는 거라네

곧 해가 뜰 거라네
그는
저 멀리서 조금씩 다가온다네

나는 점점 따뜻해질 걸세
옆지기는 없어도 되네
거친 바람막이도 필요가 없네

용감한 장군처럼
구름모자 하나 쓰고
바람 한 줄기 입은
나는 멋쟁이일세

사람들은 말하네
누군가는 나를 보고

방향을 가늠하고
누군가는 나를 보고
길을 찾는다고

여보게
내 이름은 고독일세

겨울

사월의 진달래꽃처럼
붉은 것을 생각하며 살았다
모든 것을 끝내버린 사람처럼

춥고 긴 날들이어도
잊어버리려다 주워 담은
기억의 바구니를
내 인생 어디쯤 걸어 놓을까

춥고 흐린 날들이 싫은 나의 이기가
삶의 한 귀퉁이를 아프게 하여도
바구니 가득 찬 이것들을
내 인생
어디쯤 걸어둘까

안개 성

허무처럼 피어오르는 선율로
축대를 쌓는다

작은 노래 하나 놓고
내 슬픔과 당신의 외로움이
만나는 자리

가슴 길이만큼만
슬퍼지지 않을 만큼만

더는 쌓을 수도
오를 수도 없는
만져지지 않는 흐릿한 성

안개 같은 향기들이
피어올라 서까래 되고

잡을 수 없는 손 놓지 못한 채
떠도는 안개 성

외로움으로 수를 놓은
꽃잎들이 흩어져 내린다.

먼 사랑 1

잡을 수 없는 손으로
너를 어루만지던 시간

상처를 만들기만 하는
곱고 고운 것들이 스쳐 지나간다

앓이 깊은 그리움아

너의 그림자가 짙어질수록
멈추어 설 것 같은
심장의 박동 소리

다시 비켜설 수 없는 아픔으로
가슴에 쓰러져 내리는
찬비조차 울지를 못한다

사랑아
눈먼 나의 사랑아

먼 사랑 2

그대는 어찌하여
붉은빛을 머금었는가
핏빛 정열만큼 불타고
이별의 아픔만큼 진하다

떠오르는 태양보다 뜨겁고
빨리 기운 석양보다 아픈 너

오롯이
너에게만 다가가고 싶어서
오늘이 다한 것처럼 불태웠다

진한 가슴속 빛깔
자꾸 밀어내도
파도처럼 부딪쳐 오는
너의 향기

한 번도 경험하지 못한 것들이
진동하듯 쏟아져 내리고
활활 타올라 나비처럼 날은다

가슴 깊이 삼키고 서성대던

꽃이 된 순간들이 향기처럼 흩어진다

사랑아! 그리운 사람아
빈자리에 쌓이는 꽃잎들의 향기가
너무 진하다

그대의 술잔

달이 뜬다 어둠 사이로
술이 뜬다

사랑을 술잔에 담으니 젊음도
청춘도 술잔에 기울었다

다시 하루가 술잔에 녹아 기운다
외로움으로 휘청대는 기억 저편으로
다가오는 희미한 발자국 소리

술잔에 아른대는 듯
잃어버린 반쪽이 웃으며
나를 안는다

나의 사랑 나의 연인은
다시 술이 되어 마지막
불꽃처럼 타오르고

채운 줄 알았는데 빈 술잔
타는 목마름으로 채워가는
술이 다시 비처럼 흘러 내린다

술잔에 달이 별이
떨어진다
비가 오듯 추억이 흘러 내린다

술잔에서 별들이 쏟아져 내린다
달이 떨어지고 사랑도 이별도
모두 술이 되어 흘러 내린다

잃어버린 반쪽

내가 슬픔이라는 이름으로
알 수 없는 침묵에 빠져있을 때
당신은 거기
외로움으로 헤매고 있었다

나는 깊은 산속의 이름 모를
꽃으로
당신은 바다 한가운데 망망대해에서

내가 울음을 삼킬 때
당신은 포효할 뿐
내 울음소리를 듣지 못하였다

슬픈 허리를 들어
구름에게 내 말을 실어 보냈지만
당신은 메말라 가는 입술만을
적셔 대었고

구름이 당신의 머리를 스치고
나는 진동하는 바닷속 울음을 들었다

나는 구름에 실려
고개를 숙이듯 손을 내미나
당신의 바다는 포효할 뿐이었다

서로의 손을 잡지도
잡지 못한 손을 놓을 수도 없는 채
이 거대한 우주 한가운데서

나는 슬픔이라는 이름으로
비가 되어 대지를 적시고저
당신은 외로움이라는 이름으로
푸른 바다를 지키고저

마지막 연인

슬픔처럼 자라난 그대
침묵으로 피어난 꽃 같아

그대의 이름은
기다림
그대의 이름은
사랑

다시 발돋움하듯
달려가는
설렘

첩첩이 쌓여 온
머물고 싶은 울음
머물고 싶은 웃음

주름진 얼굴에
아른대는 청춘
숨결조차 뜨거웠을
지난날이 서럽다

안개

물감처럼 풀어진 세월을 품고
시간에 묻혀가는 고요

잊으려 잊히지 않고
잡으려 잡히지 않아
사라진 듯 숨어 그대를 바라본다

사랑에 잡히지 않아서 서러워
그리움을 모아 길을 내고
강 건너 숲에서 잠시 쉬다가

그대 슬픈 눈으로 창을 열면
고요히 감싸주고 사라지리

아름답다는 것은
사라질 줄을 아는 것
꿈인 양 부서지며
물방울인 양 흩어지리

노부부 이야기

휠체어에 몸을 가눈 할머니에게
작은 강아지가 안겨 있다

휠체어를 미는
할아버지의 머리가 하얗다

할아버지는 할머니에게
바람이라도 햇빛이라도 쐬어 주려고
산책로 길을 나왔으려니

가엾게도 할머니는 고개를 푹 숙여
나무도 풀잎도 보지 못한다

바람 냄새만 맡으려니
볼을 스치는 바람결만 느끼려니
햇빛은 눈부시게 강물 위를 덮는데

가엾은 할머니는 무슨 생각을 하는걸까
할아버지는 할머니가 안쓰러울 뿐

한평생 애환을 함께 나누고

먼 길을 여기까지 왔는데

나는 당신이 가엾고
당신은 또 내가 안쓰러워

노부부 휠체어와 함께 가는 길이
강물도 목이 메인다
강 건너 기러기도 목메어 울고

사랑의 빛과 향기는 모든 것을 뛰어넘는다.

사랑은 개인과 인류의 역사를 가장 밑바닥에서조차

희망으로 바꿔놓는 역전의 비밀을 안고 있다.

사랑을 품은 사람들은 희망을 품는다.

희망을 안은 사람들은 사랑할 줄 안다.

자신만의 방법, 여러 가지 모습으로

가장 아름다운 헌신과 경탄스러운 사랑을 한다.

3

강물이 흘러서

누구인가

가장 약한 자를 들어 강한 자를
부끄럽게 하시는 이가 누구인가

먼 옛날
끼리의 얘기만 듣다가 쪼개진 나라가 있었네

누가 주인인가
무엇이 본질인가

섬기듯 살아가는 세상이라도
종살이가 아니라 자유인이 되기를

외롭다는 것

아무도 없는 이름 모를 산속
깊이 숨어진 채 피고 지는
꽃들의 이야기가
세상의 아름다움을 지켜내지

외로운 그곳에 서서
모진 비바람 맞으며
자신을 견디어 내는 나무가
저 산을 저리도 굳건히 지키어 내지

외롭다는 것은
비워진 것
채우는 것
산을 채우고 들을 채우고
세상을 채우는 것

바다가 되고 싶었다

난 바다가 되고 싶었다
넓고 큰 바다가 되고 싶었다
바다는 노도와 풍랑을 만났다

어느 날 강을 보았다
그 강물이 모이고 흘러서
바다로 가는 것을 보았다

나는 그만 큰 소리로 웃었다
그리고 지금 시냇가에 앉아있다

흐르는 시냇물을 가만히 내려다본다
맑게 흐르는 시냇물 아래로
가라앉아 있는 것들이 보인다

마침내 나는 손을 넣어
그것들을 만져보려 한다

시냇물은 잠시 흐려지더니
이내 그 고요함을
맑은 물빛을 되찾는다

석양

어여쁜 저고리
늦추억 담은 구름 언저리

먹색 치마 되어 날립니다
그 너머에 누가 사는가요

석양 안쪽 너머에
사람이 살고 있는가요

떠나간 사람들
못다 한 얘기 나눌
사람들 거기 있는가요

보고 싶은 얼굴
그에 있을까요.

당신께서는

당신께서는 우리에게
태양을 뜨고 지게 하라고
명하시지는 않았다

당신께서는 우리에게
계절을 바꾸라고 명하시지는
않았다

붉은 태양이 뜨고 지는 것
구름이 흐르다가 흩어지는 것도
명하지 않으셨다

오직 주어진 시간을 잘
감당하기를
그저 작은 일만을 명하셨다

우리는 비가 부족하다고 탓하였고
어느 날은 햇빛이 부족하다고
탓하였다

우리는

대지가 햇빛만으로는
사막이 되어 버린다는 것을
바다가
파도와 해일이 없으면
녹조가 끼인다는 것을
보고도 몰랐다

보소서
눈을 들어 저 하늘을 바라보게 하소서
나는 새는 걱정하지 않는다는 것을

눈을 들어 저 산을 바라보게 하소서
주어진 빛깔로 피고 지는 꽃들과
걱정도 없이 당신의 꼴을 먹고 사는
염소 떼들이 평화롭습니다

사랑 1

사랑은 오직 사랑일 뿐이다
스스로 존재하는 것이다

사랑은 비교할 수 없는 자체
존귀한 마음에서
피어나는
따뜻한 바람이다

그것은 선하다
가까이 가고 싶으니
그립고 소중해서 아프다

사랑은 많이 운다
사랑은 그날
그분의 핏빛 눈물이
땅에 떨어져 핀 꽃이다

만나볼 그리운 사람이 있어
이곳저곳 피어 난다

아직 오지 않아서 서러워서 졌다가
그리움을 참지 못하여
다시 찾아 피어 난다

사랑 2

사랑은
아무런 요구 없이 의도 없이 일어나
꽃처럼 피어나 불처럼 타오르는

그 어떤 충동보다 강하고
함께하고자 하는 정열이다

그것은 여러 모양으로
꼭 필요한 사람에게 다가선다

열정으로 희생으로
세상에서 가장 아름다운
모습을 하고서

그리움으로 피어나
기다리는 자에게 선물처럼 다가온다

초월이며 믿음으로 다가오는 헌신
형태를 말하기엔
가늠할 수 없는
너무나 작고 너무나 큰 것

홀로 존재하는 것이다

사랑 3

그것은
언제나 당신과
함께할 수 있는 영원

존귀한 사람들의 마음에서 일어나는
선하고 따뜻한 바람
가까이 가고 싶으니
그립고 소중해서 아프다

사랑하는 이가 안타깝고
불쌍해서 울기도 한다

사랑은 때로 고독하다
혼자서 무엇의 간섭도 받지 않는
외로운 것으로
분리되지 않기 위해
떨어지지 않으려고 몸부림 친다

사랑은 고독한 순례자
오래 참고 기다리는 것이다
바라는 것 없이 원하는 것 없이

그것의 도착 지점은

흔들림 없는 평화다

한없는 행복의 극치다

그대에게 전하는 말

스쳐가는 그대는
언제나 말이 없지
어디로 가는지
어디서 왔는지를

들을 수 없는 언어로
말을 걸어오고
볼 수 없는 거기 숨어
이야기를 하지

먹빛 눈 껌뻑이며
무슨 일이 있는 것처럼
통곡하다가 떠나갈 무렵

그대 붙드는 흰 손을 보았는가
전하는 내 말을 들었는가

그대는 어둠이 아니라
빛이었다고 말하였네
끝이 아니라
시작이었다고 말하였네

이제 이 말 전해주게 그대
흘러가는 산등성이 너머
여울져 흐르는 강물 너머
그대의 시작은 빛이었다고

비

자박이듯 다가와
마음을 타고 내리는
추억의 줄기
작아진 어깨를 감싸주는
그리운 속삭임

그대는 언제나
갑자기 찾아오는 손님
알 수 없는 이유로 떠도는
나그네

강물이 되고저 바다가 되고저
스스로 흐르고 무너져 내리다가
초록에게로 다가가
속삭일 줄 아는 신사

안녕이라고 말하는
손등에 잠시 앉았다가
허공을 뚫고
젖어 내리는 슬픔

옥토가 되고저 한참
참아온 눈물 흐느끼듯
쏟아내다가
바람에 실려 다시 찾아가는
그리운 고향 구름

그 자리

그리로 가면 안된다고
그곳이 아니라고 말하였다
죽는 줄도 모르고 날마다 죽어가는
삶의 자리가 있다고

생명의 장소가 아닌 곳
가지 않아야 할 자리
머무르지 않아야 할 곳
사망의 음침한 골짜기가
있다고 말했다

짐승들도 아는 그 자리
그들도
사는 자리인지 죽는 자리인지를 안다
하지만 인간은 그것을 모른다

독도의 침묵

독도는 더 이상 말하지 않는다 조국의 유구한 역사의 흐름을 보여줄 뿐
침묵한다 신의 침묵처럼 더는 진실을 되뇌지 않겠노라고

존재의 아픔으로 절규케 하는 고통 속에도
파도치는 울음을 삼키며

소용돌이치는 민족 한의 얼과 혼을 잡고서
오직 조국 사랑의 마음으로 깊은 바닷속 울음을 삼킨다

아! 그리운 내 조국 대한아 내 손을 뻗어 너를 잡는다
도도한 역사의 수레바퀴는 오랜 세월 나를 절규케 하지만

내 존재의 아픔은 오직 조국을 위한 것이라고
동쪽 끝 남단의 진실을 파도에 싣는다

석양의 백마강

먼 옛날 거기 의자왕이 살던 곳
서쪽으로 꺾여 흘러 남쪽에 이른
백마의 분노가 붉게 타오른다

온조왕의 큰 뜻 알아
강물도 포효하는데 어이해
백마의 머리로
용을 낚았다 하는가

피 흘린 백강 전투
황산벌 결사대의 함성 소리가
아직 하늘을 찌르는 듯
불타오르고
달빛조차 목이 메인다

배신과 수륙 양면의 슬픔에 겨워
부소산 낭떠러지 바위에서
꽃잎처럼 떨어져 간
낙화암의 여인들

꽃보다 아름다운 그대들의

충정의 치마폭 흩날려 바람이 되고

한 맺힌 눈물 바람 타고 올라
구름이 되어 흐르더니
바쳐진 머리로 붙든 용처럼
굽이굽이 꺾여 흐르는 백제의 꿈

사랑은 희미하지 않다. 함께 얼굴을 맞대고 눈을 바라보며 진실을 알아가는 과정이다. 아름다운 자신을 지키기 위해 날마다 흰옷을 고쳐 입는다. 사랑은 소중한 순간에 일어나 시작된 선물이다. 그것의 도착 지점은 흔들림 없는 평화다. 한없는 행복의 극치다. 영원을 찾아 눈물 흘리며 헤어지지 않으려고 몸부림친다.

4

그 후로

그 후로

보고 싶은 그리움 그러나 보이지 않는
텅 빈 공간 속에
그것이 이별인 줄 몰랐네

볼 수 있었던 그 순간이 끝난 후에
멈추어 버린 시간 속에 나는 갇히고

문틈 사이로 보이는
한 줄기 빛이 새어 들어와
이별 아닌 듯이 나를 가두네

사랑이었나
추억이었나

그 후로 우리는

따뜻한 온기가 대지를 적시고
먼 산 아지랑이 피어나

다정했던 우리 사랑을
그 바람이 빼앗아 가고

겨울의 흰 눈이 내린다

어느새
흠뻑 젖어 오는 내 마음

바람이 된 사랑이
추억이 된 사랑이

그 후로 우리는

청춘

눈이 녹기를
햇살이 따스해지기를
기다리며
고요히 숨어 있다

만나기를
먼저 오기를
기다리며
땅속 깊이 숨어서

땅이 좀 더 젖어 오기를
좀 더 부드러워지기를 기다린다

이제
내가 먼저 들판에 나가서
그를 기다리리라
내가 먼저 그를 맞이하리라

그루터기

나는 가버린 그대와의 접점
과거와 현재의 접점이고
미래의 기다림입니다

나는 쏟아지는 햇빛과
내리는 빗물을 담을 그릇
떠난 이의 사랑과 추억을 담은
그리움입니다

사랑 추억
믿음을 쌓는 오래 참을
남은 자의 시간

남은 자가 된 밑동이
사랑과 믿음이
다시 피어날 날을 기다리는 고요

왕 같은 제사장입니다

애벌레

고통의 시간
변신의 시간 때가 이르렀다

온 밤을 하얗게 지새운 간절함
이 수치를 씻어 준다면
더욱 사랑하리

귀 기울여 들었던 소리
듣고 이르른 시간
절묘함
구하여진 시간

이 수치를 씻어 주신다면
더욱 사랑하겠습니다

기도
온 밤을 하얗게 지새운 간절함

이 수치를 씻어 주신다면
한 점 남김없이
미련 없이 떠나겠습니다

나무 이야기

한 나무가 구름 아래 서 있었다
솜털 같은 그가 너무 예뻐서
나무가 그에게 인사를 건넸다

구름도 나무를 보았다
그도 나무에게 손을 흔들며
인사를 하였다
나무는 구름의 손을 잡으려고
자꾸만 손을 뻗어 높이 치달았고

구름도 떠나기 싫어
흐르는 몸을 멈추려 하였다
자꾸만 팔을 뻗어
온몸을 흐트러뜨리며
그의 손을 잡으려 했다

나무는 자꾸만 위로 치솟았으나
구름의 손을 잡지는 못하였다

구름도 안타까워 어두운 얼굴을 하고
그만 눈물을 뚝뚝 흘려 버렸다
흐르는 눈물을 주체할 수 없어서

엉엉 울어 버렸다

눈물이 나무에게로 와서
잎사귀에 앉았다
그의 얼굴을 부드럽게 만지고
얼싸안고 춤을 추었다

환희에 찬 나무는 더 초록이 되었다

봄의 미소

올 듯 말 듯
다시는 오지 않을 것 같던 봄이
소리도 없이 오려 합니다

죽음처럼 앙상했던 나무에
움이 돋고

다시는 웃을 수
없을 것 같던 얼굴에
벚꽃 물이라도
들 것 같은 날입니다

햇빛 따스한 담벼락에 기대어
그리움으로 깨무는 손가락

영영 못 올 길 떠난
님 생각에 살짝 흘려 보는
분홍빛 미소

장미 1

내 얼굴이 붉게 타오르거든
손대지 말아라
뜨겁지만 태우지 않을 그때 오거라

감당 못 할 위태로운 열정일 때
당신을 불태울 수 있겠기에
붉고 뜨거울 때 오지 말아라

너무 아름다울 때도 오지 말아라
뜨겁지만 타지 않을 때를 기다려라

내 가시로 인한 붉은 빛
그대 손으로 가리지 않을 수 있을 때
그때야 당신을 사랑하리

장미 2

네가 하도 이뻐서
너를 손으로 덥석 잡던 날

내 손에 비치던 붉은 빛이
너를 닮았었다

내가 너인지
네가 나인지
나는 알고 싶지 않았다

다만 네게로 가서
나도 네가 되었지
붉고 가시 돋친 모습으로

잔인한 세상에서
어여쁜 너는 가시가
있었어야 했다

너는 너를 사랑했으니까
너는 너를 지켜야 했으니까

구원

내가 시간과 공간에 갇혀 살 그때
과거라는 기억을 가지고
현재라는 공간에 머물러 있을 그때

아직 오지 않은 미래를 알지 못할 그때
현재와 미래를 연결할 수 있는
어떠한 장치도 가지고 있지를 않을 그때

원인과 결과를 알 수 없는 그때
스스로 있을 수 없는 것을 슬퍼할 때
시간과 공간을 초월하는 이야기
스스로 있는 자의 노래를 들었다

초월적인 존재
원인과 결과이며
스스로 있는 자
원인과 결과에 의해서가 아니라
스스로가 원인과 결과인 초월자

그의 이야기가
시간과 공간에 갇혀 있는자를 초월로

과거와 미래를 연결할 수 없는 자를
구원으로
스스로 안식할 수 없는 자에게 쉼을 주었다

그는
스스로 쉴 줄 아는 자의 구원이다
어느 누구도 풀 수 없었던 인간의 멍에와 짐을
풀게 해주었다 그의 이야기와 약속으로

태초부터 변함이 없는 그는
인간의 변덕에 부응하지 않는다
변덕스러운 기도에도 응답하지 않는다
그는 스스로 있는 자의 약속이다

숨바꼭질

살아생전 남편과 숨바꼭질을 하더니
이제는 강아지와 숨바꼭질한다고
딸이 허탈하게 웃었다

그가 현관문을 여는 기척이 나면
나는 얼른 숨곤 했다
그곳이 욕실 문 뒤가 되기도 하고
붙박이장 안이 되기도 하며
베란다 밖이 되기도 했다

이제
이 세상 어느 누가 있어
나를 그리 찾을까
그리 나를 찾는 것은
내가 소중한 사람이라는 거지

살아생전 나는 그의
꽃이었으니까
그의 향기였으니까

나는 꼭꼭 숨었지 술래인 그가

꼭 찾고야 마는 것을
당신은 빙그레 웃으며
문을 꼭 누르며
"여기도 없네" 했었지

그러면
나를 찾았다는 얘기였지
그만 나오라는 얘기였지

이제 나는 순덕이와 숨바꼭질을 한다
순덕이도 나를 좋아하니까
순덕이에게는 내가 최고니까
내가 꽃일 테니까

순덕이도 나만 찾아다니니까
이곳저곳 두리번대며
안타까이 찾으니까

그에게 내가 소중한 존재였듯이
순덕이에게도
나는 없으면 안 될 존재지

그래서 오늘도 숨바꼭질을 한다
순덕이에게는 내가 필요하지
순덕이에게 나는 소중한 존재지

길 1

계획하지 않았는데
걸어온 길
미처 알지도 못했는데 걸어온 길
아무도 모르게 시작된 이야기

눈이 어느 날 그렇게 왔듯이
폭우가 어느 날 그렇게 와 버렸듯이
이리 돌며 저리 돌아
해 뜨는 곳 여기까지

여기까지 왔는데
어디서 시작된 건지
어디서 끝나는 건지
알지 못하여도 구름이 흐르고
꽃이 핀다

지금의 날이 그때도 있었고
장래의 일도 예전에 있었다지
비가 멈춘 후 구름이 다시 오기 전
당신의 문들이 다시 닫히기 전
사랑하기 전

길 2

얼마나 많은 사람들이 오고 갔는지 알고 있다
숨소리조차도

저고리 앞깃 여매며 설레는 누나의 기다림도 보았다
차마 손조차 흔들지 못하던 누군가의 이별을 숨죽이며 함께 울었다

어느 날은 햇빛 같은 웃음을 어느 날은 가슴 아픈 이야기들을
마음 깊이 담았다
쌓여서 언덕이 되고 파인 곳은 골짜기가 되었다

한마디 말도 없이 숨죽이며 고요히 조금의 흔적도 없이 삼키었다
그 기억들을 지켜냈다

방울방울 떨어진 마음들을 높은 것은 낮추고
낮은 것은 돋우었다 더 길고 더 평탄한 길이 되도록

숨죽이며 그들을 지켜냈다 사랑 아픔 시름까지도
길가득 채우던 웃음소리에 눈물을 섞어서
이 길을 만들었다 밟히고 또 밟히며

그냥 고요히 숨죽이며 지켜냈다 더 길고 더 평탄한 길이 되었다

회복

나를 부끄러워한다 나를 아파한다
그때는 울지도 못했지 그때는 웃을 수도 없었지
기쁨이 무언지도 몰랐으니까 슬픈 것도 몰랐으니까

사랑하지 못했으니까 용서하지 못했으니까
화평하지 못하고 다 알지도 못했으니까

그런 나를 부끄러워한다 그런 나를 만나러 간다
어리고 성숙하지 못했던 시간 그 시절 나를 만나러 가야지

너는 철 지난 옷을 입고 가엾게 떨고 서 있구나
가까이 오렴 얼싸 안아보자 함께 울어보자
뺨을 만지고 함께 웃어보자

이제야 너를 만났구나 용납할 수 있게 되었구나
비로소 너를 사랑하게 되었구나

생명

길고 긴 목 늘여 가며
허공을 감아 오르는가

이리저리 몸을 굴려
기댈 곳을 찾는다

모진 생명을 부지하고저
몸이 휘어가는 줄도 모른다

나팔꽃
하루를 잡아 걸고
활짝 피지만 말거라

흔들리지도 말고
땅에 주저앉지도 말거라

힘찬 몸짓으로
아침을 붙들어라
생명의 종을 울려라

우리가 다 알지 못하여도 누군가의 선한 기도가 있어 세상을 살린다. 이전의 세상도 이후의 세상도 한 사람의 자신을 넘어선 기도가 세상을 지킨다. 소외되고 상한 마음들이 한숨짓는 소리를 듣지 못한 채 나는 감히 세상을 비웃었던가. 오만과 무지로 세상을 조소하고 나는 감히 탄식만 하였던가. 내가 한낮 한밤을 부질없는 근심으로 지새울 때 어느 한 마을 어디선가 이름 모를 사람의 무릎 꿇은 기도가 세상을 살린 것을…

사랑은 많이 운다.
사랑은 그날
그분의 핏빛 눈물이 땅에 떨어져 핀 꽃이다.
만나볼 그리운 사람이 있어 이곳저곳 피어난다.
아직 오지 않아서 서러워서 졌다가
그리움을 참지 못하여 다시 찾아 피어난다.

5

꽃잎 같은 딸을 두고

이유

당신께서 아직 나를 남겨 두신 이유
지금의 시간에 저를 허락하신 이유

끝없는 교만의 오작동
당신께서 깃발을 드시면
그 다툼이 멈추리라

희고 검은 것
짧고 긴 것
높고 낮음이
바로 당신의 조화임을

그 옛날
살리에르가 모차르트를 시기하듯
허망한 다툼이 없게 하시고
모두가 선하신 뜻 가운데서
당신의 영광을

시간 이전에

땅은 언제부터 만들어졌는지
바닷물은 왜 그렇게 뛰노는지를

아무도 없는 들에 꽃이 왜 피는지를
산에 염소가 언제 새끼를 치며
그 새끼들이 어떻게 자라는지를

사람도 없는 곳에 내리는 비가
마른 땅을 적시고
허허로운 광야에 내리는 비가 강물이 되며
굳어버린 땅에 풀이 자라게 하는 이가 누구인가

어머니의 굴비

밥상 하나에 굴비
큰 거 두 마리 다른 밥상 하나에
작은 거 몇 마리

시부모님 드실 것과
남편과 자식들 먹을 수 있도록
나누어 담으셨다

가시를 다 발라주시고 먹고 난 후
남은 건 입 벌린 굴비 대가리들

어머니는
조용히 우리가 다 먹기를 기다리시다가
자신은 굴비 머리를 드셨다

굴비 대가리 모두 모아서 어두진미니
굴비는 대가리가 최고 맛있다고 드셨다

그리 어려운 살림살이가 아닌데도
굴비의 머리만을 드셨다

어느 날 옛날이야기를 들었다

한 효자가 있어 어머니를 보러 갈 때
굴비 대가리만 엮어서 메고 갔노라고

그때야 나 알았다
울 어머니도 굴비살을 좋아하신다는 것을

콩나물

한밤중 어머니
옷깃 스치는 소리
물소리
한 번 두 번 그리고 세 번

콩나물은 부지런해야
뿌리가 길지 않고
몸통이 연하여
맛있는 거라고

어머니의 한밤중
물 긷던 소리
물 주는 소리
물 흐르는 소리

머리맡
자장가 같던 소리

빗소리 섞이던 날의 자장가
꿈길 같던 물소리
아침을 기다리던 평화

짜장면

짜장면은 향수다
옛날 짜장면은
그리움이다

짜장면은 어머니다
한 그릇 시켜놓고
가만히 바라보시던
어머니의 야윈 얼굴이다

짜장면은 눈물이고 기쁨이다
낙방 후 눈물지으며 먹었던 눈물
합격 후 어머니도 함께 먹었던
기쁨이다

짜장면은 삶이다
고독이다
비 오는 어느 날
혼자서 쓸쓸히 먹어야 했던
그날의 일기다

짜장면은 아픔이다
추억이다

고향이다 굴곡진 삶의

비탈진 언덕이다

나팔꽃

나팔꽃을 보면 슬프다
나팔꽃은 기쁜 소식이라는데
혼자서는 오르지 못하는
그가 슬프다

어느 날
씨뿌린 후 한 물체 감고 올라설 때
정원사가 잡초라고 잘라 버렸다

자신 때문이 아닌 이유로
나팔꽃도 함께 정원에서 사라져야 했다
그는 꽃이었는데

방과 후 아들 녀석이
꺼이꺼이 울어대던 날
난 아들이 왜 우는지를 몰랐다

자신이 씨 뿌려 잘 자라던 나팔꽃이
잡초와 운명을 함께 할 줄을
아들은 몰랐기에 울었다

나팔꽃은 꽃인데

잡초를 감아서였다고
말해 줘도 울었다

그 후로
우리에게 나팔꽃은 슬픔이 되었다

아파트 베란다 밑 잡초 타고
오르던 연약한 줄기를 지닌 꽃

덩굴성 왼쪽으로 왼쪽으로
물체를 감아 올라야 하는
혼자서 오르지 못하는
나팔꽃이 슬프다

보시옵소서

이제 그의 몸에 박힌
가시를 뽑아 주옵소서

그 몸에 멍 자국을 보시옵소서
아파도 웃고
가시도 마다하지 않던

온몸으로
광야의 고통을 흡수하던
그가
나는 미웠습니다

세상 옷을 입고서는
힘든 일이었기에
한 잔의 물만 있으면
그것으로 족한 그를
염려했습니다

물잔 너머
그윽한 눈빛이 아름다운 자
때로는 성스럽기도 하였습니다

보소서 그의 몸의 상처
멍 자국을 보소서
아! 보시옵소서

보입니다
그가 웃고 있는
모습이 보이고
그를 안으시는
당신의 자애로움이 느껴집니다

보시옵소서
아
보입니다
당신의 품에서 웃고 있는 그가

그렇게 가시기엔

그렇게 가기는 아직 이른 날이었습니다
나는 아직 내 사랑을 다하지 못했습니다
나는 아직 당신께
드릴 게 더 남아있습니다

우리는 아직 당신께 안녕이라고 말할 수가 없습니다
다 하지 못한 마음들을 어찌하라고 이른 길을 가셨습니까
혼자서 영원으로 떠나신 겁니까
나는 아직도 사랑하는
법을 배우고 있는 중이었습니다

미처 예감하지 못한 이별이기에
당신의 베개는 아직 내 곁에 있습니다
어떻게 보내야 하는지를 아직도 모르겠습니다
나는 정말 모르겠습니다

꽃잎 같은 딸을 두고

누가 그리 급하게 오라고 했습니까
왜 그리 급했습니까

생전에도 바쁘다고
애간장을 태우더니
하늘 가는 길까지

당신은 예의 바른 사람 아니었습니까
마지막 인사는 해야잖습니까
안녕이라고
잘 있으라고 말입니다

당신은 늘 준비를 잘했잖습니까
미리미리
평소에 하던 것처럼
먼저 가서 거기 준비해 놓겠다고

하얀 격자 창문 너머로
뜰에는 한가득 꽃씨를 뿌려 놓고
감나무랑 은행나무랑
심어 놓겠다고

다 준비를 마치고
나를 편히 맞이할 거라고
평소대로 말하고는 가야 하지 않습니까

늘 섬기기만 하더니
늘 제 몸을 낮추기만 하더니
그런 세상 그만 지겨웠던 것입니까.

아니요
당신은 그럴 사람 아니지요
꽃잎 같은 딸
눈에 넣어도 안 아플 딸 두고

어찌 가셨습니까
아니 진정
그럴 사람 아니지요

그런데 왜 그리 급하셨습니까
말을 하시오
꽃잎 같은 딸을 두고 어찌 갔소
말을 해보시오.

아직 못 가오

못 가오 나는 아직 갈 수 없소
할 일 많아 못 가오

내게 주어진 일 난 아직 못 하였소
꽃잎 같은 딸
생각 많은 아들 두고
나는 아직 못 가오

하늘 아버지께 그리 말해 주오
눈물길 밟고는 아직 못 가니
그리 말씀드려 주오

나 아직 할 일 많아 못 간다고
부탁드려 주오
이 눈물 건너 전해 주오

덫

성실히 일하는 것이 섬기는 것이지
섬기는 것이 예배고
그런 삶 전체는 숭고한 것이지

일하고 섬기고 사랑한다는 것은
같은 것
하지만 돈이 탐욕이 우리를
지배하는 질서가 되었고

사람들은 자신의 탐욕을
충족할 수만 있다면
만국의 영화를 누릴 수만 있다면
우상 더미라도 그에게 절을 하네

우상은 욕망을 충족시키기 위해
인간이 만든 수단
질서를 가장한 무질서
진리를 가장한 비진리

탐욕
왜 돈이 근본인가

왜 자본이 질서인가
이제
탐욕의 지배를 받지 않는 삶을 위해
그의 이야기를 들어보자

행복과 번영 질서의 근원이 누구인가
그가 누구인지 아는가!
창조다
처음이자 마지막
빛과 어둠을 나누신 분이다

보이지 않는 것의 실상

여보게
보이는 것이 실제인지
보이지 않는 것이 실제인지를 아는가

아침 안개처럼 피어오르다가
해가 뜨면 사라지는 것 같은 것이 인생이라네

예수는 부활을 통하여 보이지 않는 것의
진실을 알게 하셨다네
그때 예수는 어찌하였는가?!

부활 후 나 같으면 빌라도와
핍박자를 찾아갔을 것이네
혼내 주었을 것이네

그러나 그는 그러지를 않았다네
왜!
믿음을 심어주기 위해서지

여보게
보이는 것의 허상에서 깨어나게나
그에 함몰되지 말게나

허상과 실상을 혼동하지 말게나
육은 허상이고 생명이 실상이 아니겠는가…

영원한 생명이 있다는 것
무한한 욕망을 어찌 유한한 것으로
충족을 시키겠는가

여보게
보이지 않는 실상과
보이는 허상을 아는가
끝을 모르면 시작도 헛되다네

제자리 1

먼 옛날 혼돈이 질서가 되고
육지와 바다가 나뉘고
하늘과 대지 낮과 밤이 나뉘었다.

푸른 하늘에 구름이 흐르고
대지가 촉촉해지며 초록의 나무와
꽃들이 춤을 추었다
생명의 축제가 시작되었다.

신은 무한한 공간에서
먼지처럼 작은 존재를 숨 쉬게 하시고
사랑하고 아름다운 언어를 나누며
상대의 감정을 섬세히 알아 가도록 하시었다

고요한 질서 균형의 아름다운 땅
평화와 번성의 자리
짐승과 나무와 야생동물 그리고
인간의 자리가 나뉘었고 각자
제자리에서 번성을 이루었다.

울지도 못하고 1

그대
울지도 못하고

왜 울지도 못했어요
그때 슬픈 그날
절망이 시작되던 날

어떻게 살았는지
어떻게 견디었는지
끝 모를 이야기들의
공간 속에서

흩어진 시간 속에서
하염없이 정처도 없이
거기서 흘린 그대의 눈물

이제는 말해요
아무 얘기나 해봐요.
하늘 높은 그곳에서
당신의 이야기를 해봐요

울지도 못하고 2

이제 들을 수가 있어요
당신의 이야기

당신의 이야기와
내 이야기가 만나고

우린 다시
하늘의 사랑을 만나겠지요
나는 바보처럼
이제야 당신의 아픔을 품겠지요

당신 그때
거기 왜 서 있었어요
흘리듯 떨치듯
떠나보낼 슬픔 한 다발 들고
거기 왜 그리 서 있었어요

차마 울지도 못했던
눈 시린 얘기들

내 손을 잡아요
따뜻해질 거예요

난 이제 당신의
아무 얘기나 들을 수가 있어요

함께 세상을 산 이야기를 해봐요
깊은 골짜기가 산이 된 이야기
들에 핀 백합화가
세상을 지킨 이야기
우리가 세상이었던 이야기를

사랑은

사랑은 해함도 상함도 없는 치유의 약이다.
거짓과 증오를 쇠하게 하고
긍휼과 관용을 흥하게 하는 생명의 원천이다.
고통 속에서도 평안을 느끼게 하는 자유.
사라져야 할 것들이 그 빛 아래서
소멸 되고 만다.

사랑은 이전에도 있었듯이
이후에도 있을 하나뿐인 진리이다.
그의 다른 이름은 선이며 그의 성품은 긍휼이다.

사랑은 동편에서 해가 뜨는 것과 서편에
해가 지는 것에 대한 경탄이며
어느 한 길 외로이 서서 피는 풀꽃들에 대한 감사이다.
사랑은 그분의 옷깃 한 자락의 기다림
창조주가 인간에게 바치는 애절한 노래다

절망의 소용돌이 속에서
떠오르는 고요한 희망.
사랑은
고독한 순례자에게 바치는 형형색색 한 다발의 꽃이다

그

후

로

사진 | 김남수

더 외로워지기 위해서.

내가 떠난 남편을 다시 찾아 나선다는 것은 더 외로워지는 것이다. 어쩌면 그를 찾는다는 것이 나로 하여금 내가 태어나고 자랐던 이 세상으로부터 더 멀어지게 하는지도 모른다.

하지만 나는 내 남편을 찾아야 한다. 그래서 나는 오늘도 그의 생각과 그의 마음을 자꾸만 찾아 나선다.

이제 그의 육신은 세상에 없지만 다정했던 그를 만나러 간다.
따뜻했던 그를 안으러 간다. 그는 언제나처럼 차가운 내 손을 호호하고 불어 줄 테지.
늘 그랬던 것처럼 내가 이것저것 서러워 말을 하면….

"그건 당신이 잘못한 게 아니야."

" 당신은 그럴 수밖에 없었던 거야."

"당신은 정말 착한 여자지."

"당신 같은 여자는 세상에 없지."

"어휴 지랄쟁이… 예뻐서 어디 때릴 곳도 없지."

"내가 정말 부인 하나는 성공한 거다."

내게 모든 것을 다 주고 나 때문에 모든 것을 다 잃어버린 사람. 세상을 섬기었지만 세상으로부터 조롱받기도 했던 최후의 승리자!

이제 당신이 이겼다고 말해줄 테야. 그것이 사실이니까. 그의 눈물 그의 낡은 신발 고독한 순례자이자 최후의 승리자인 그의 뒷모습이 내가 또 잃어버릴지 모를 한 세상을 두려워하지 않게 한다.

안녕 최후의 승리자! 나의 친구, 나의 사랑, 나의 의미… 영원히는 아니지만 지금은 안녕.

의미가 된다는 것은 어떤 것일까….
사람들은 이야기를 만들고 이야기가 또 그 사람을 만들어 간다. 작은 일에도 잘 울고 웃던 산을 이루고 바다를 이루던 이야기들이다. 언덕을 오를 때는 땀방울이 맺혔고 골짜기를 지날 때는 핏빛 눈물을 흘렸다. 과연 나는 언덕을 다듬어서 평지가 되게 하고 골짜기는 메꾸어서 평탄한 길이 될 수 있도록 할 수 있었던 것일까. 삶은 내가 계획한 것도 아니고 내가 하는 것도 아니었다. 자신의 계획보다는 우연이 더 많이 삶을 지배했다. 나는 이것을 절대 자이신 하나님의 계획이고 숨겨진 신비라고 말을 한다.

어느 날 우연히 발견되고 어느 날 우연히 찾아온 것들이다. 사랑이 그랬고 용서가 그랬고 이별이 그랬다. 그 이야기들이 내가 되고 시가 된다. 창밖을 서성이던 이야기들이 작은 소리로 문을 두드린다. 창문을 열고 어느새 내가 나의 이야기를 만나고 자신의 얼굴을 마주하게 된다. 의미가 된 이야기들이 춤을 추기 시작한다. 내 작은 어깨 사이에서 참아왔던 긴 호흡을 한다. 서성이던 이야기들이 의미가 되어 흐른다. 냇물이 강물이 되듯 강물이 바다에 합류하듯 더 넓은 세상을 그리워하면서.

시는 모든 것을 뛰어넘는 자유다

예리한 감성의 줄기에서 나오는 알알이 진주를 꿰어 목걸이를 만들듯

촌스러운 옷을 잘 고쳐 입은 듯 굴러다니던 돌이 보석이 된 듯

무엇에도 얽매이지 않는 자유로움과 열린 심상에서 글을 쓰고 싶다.

내 시가 누군가에게 울음 한가득 머금고 있다가도 무릎을 탁 치

고 일어날 만한 위로와 치유가 되었으면 좋겠다.

누가 그랬던가

시인은 흘러가는 구름을 잠시 모으고 지나는 바람을 잠시 끌어
모으고 또 추억 몇 자락 휘날리면서 흐르는 물 같고 바람 같은 삶
을 노래하는 것이라고.

오랫동안 악기를 연주한 연주가의 소중한 악기 소리 같은 시
를 쓰고 싶다.

거슬림이 없이 물처럼 흐르고 바람처럼 휘몰아치는 그런 시를
쓰고 싶다.

2021년 10월 21일
한강 산책로에서 공선옥

공선옥의 첫 시집 『그 후로』에 부쳐

박경미 | 이화여대 신학대학원장

마치 발아를 기다리는 씨앗처럼 사람 속에는 시적 자아가 깃들어 있어서 어떤 계기가 주어지면 발화한다. 비가 오고 바람이 불고 햇빛이 비치듯이 삶의 고통과 슬픔, 기쁨과 우정이 적절한 온도와 습도를 조성하면 시적 자아가 싹을 틔우고 성장하여 꽃을 피우고 열매를 맺는다. 공선옥 시인은 남편 김승준 선생과 이 세상 사랑 같지 않은 사랑을 했고, 어느 날 갑자기 그를 떠나보내는 청천벽력 같은 경험을 했다. 그때부터 시간은 그 전과 '그 후로' 나뉜다.

아침기도 하러 교회에 가서 기도실에서 기도하다 하느님 곁으로 갔으니, 어쩌면 그것은 구약성서의 에녹처럼 하느님이 가장 사랑하는 사람이 이 세상을 하직하는 방식이었는지도 모른다. 그러나 하느님이 사랑하는 사람은 살면서 사람들과도 큰 사랑을 나누었을 테고, 남은 사람들은 저마다 그에 대한 기억을 떠올리며 슬픔에 잠긴다. 하물며 가족이야 말해 무엇하겠는가.

이 시집에 실린 시들은 남편을 잃은 아내의 상실과 그리움의 기록이자 지독한 슬픔과 외로움 속에서도 삶의 희망을 찾아가는 과정에 대한 기록이다. 시인은 노을을 봐도 "재 넘어 살고 있을" 그분을 떠올리고, 하늘에 구름을 봐도 "빈 의자"가 보인다. "꽃이 너무 예뻐도 미안하고/ 날이 너무 좋아도 미안하다."(하늘에 있는 당신에게) "그렇게 가기는 아직 이른 날"이었다고, "나는 아직 내 사랑을 다 하지 못했다고/ 나는 아직도 사랑하는 법을 배우고 있는 중이었다"고 서러워한다. "아직 당신께 드릴 게 더 남아 있어서/ 보내줄 수 없다"고 울부짖는다.(그렇게 가시기엔) 큰 사랑이 큰 슬픔을 남겼다.

그러나 이 시들은 큰 슬픔이 단단해져서 희망으로 옮겨가고 있는 중이라는 것도 보여준다. 겨울나무를 보며 시인은 "나는 알지/ 네 속에 품은 생명을/ 깊은 꿈틀거림을/ 너의 추억을 나는 알지/ 잎 푸른 날의 꿈"(겨울나무)이라고 노래한다. 기억은 현재 겪고 있는 슬픔과 외로움의 원인이지만, 삶을 지속하고 사랑할 수 있게 하는 힘이기도 하다. 특히 외로움을 노래하는 시들에서 시인은 의연함을 보인다.

곧 해가 뜰 거라네
그는
저 멀리서 조금씩 다가온다네

나는 점점 따뜻해질 걸세
옆지기는 없어도 되네
거친 바람막이도 필요가 없네

용감한 장군처럼
구름모자 하나 쓰고
바람 한 줄기 입은

나는 멋쟁이일세

사람들은 말하네
누군가는 나를 보고
방향을 가늠하고
누군가는 나를 보고
길을 찾는다고

여보게
내 이름은 고독일세
                    ―「내 이름은 고독」 중에서

　이제 변신의 때가 되었다는 것을 시인은 예감한다. 애벌레가 스스로 단단한 껍데기에 자기 몸을 가두었다 나비로 변신하듯 시인은 "고통의 시간/ 변신의 시간/ 때가 이르렀다"고 노래한다. 그리고 "온 밤을 하얗게 지새운 간절함/ 이 수치를 씻어준다면/ 더욱 사랑하리"라고 다짐한다.(애벌레)

　나아가서 이 다짐은 창조의 신비에 대한 깊은 깨달음으로 이어진다. "먼 옛날 혼돈이 질서가 되고/ 육지와 바다가 나뉘고/하늘과 대지 낮과 밤이 나뉘었다./ 푸른 하늘에 구름이 흐르고/ 대지가 촉촉해지며 초록의 나무와/ 꽃들이 춤을 추었다/ 생명의 축제가 시작되었다."(제자리 1) 또한 창조의 신비에 대한 깨달음은 돈과 권력이라는 우상숭배에 대한 단호한 거부로 이어진다. "우상은 욕망을 충족시키기 위해/ 인간이 만든 수단/ 질서를 가장한 무질서/ 진리를 가장한 비진리/ 탐욕/ 왜 돈이 근본인가/ 왜 자본이 질서인가/ 이제/ 탐욕의 지배를 받지 않는 삶을 위해/ 그의 이야기를 들어보자."(덫)

시인이 말하듯, 창조의 신비, 자연의 지혜는 하느님 아닌 것, 돈과 권력을 하느님처럼 숭배해서는 안 된다는 것을 깨닫게 한다. 나아가서 하느님이 창조하신 피조세계는 우리가 땅과 동물과 사람들의 도움으로 생존을 영위하며, 우리는 다만 하나의 피조물일 뿐, 결코 내가 세상을 통제할 수 없다는 사실을 몸으로 깨닫게 한다. 창조신앙은 궁극적으로 우주의 움직임 앞에서 내가 얼마나 작고, 의존적일 수밖에 없는지를 깨닫게 하며, 자연은 우리가 이 세계 속에서 어떻게 존재해야 하는가를 가르쳐준다. 자연을 통해 우리는 이 순간에 내가 온몸으로 기쁨 속에서 살아있으며, 그러면서 동시에 죽음이 바로 저 너머에서 나를 기다리고 있을지도 모른다는 사실을 어떻게 평화롭게 받아들여야 하는지 배우게 된다.

공선옥 시인이 이별의 슬픔과 사랑의 기쁨을 이야기하면서 자기도 모르게 반복해서 자연의 사물들을 환기하는 것은 아마도 기독교 전통에 속한 사람으로서 지니는 창조신앙에 기인하는 것이라 생각한다. 하느님이 창조하신 피조세계의 빛에서 보면, 믿음이란 단순히 죄와 악을 떠나서 선의 세계로 도피하는 것이 아니다. 믿음이란 선과 악, 고통과 괴로움, 위험과 불안으로 가득 찬 살아있는 세계 속으로 걸어 들어가는 것이고, 배신과 은총, 용서의 세계 한가운데로 들어가서 상처받을 각오가 되어 있는 것이다.

이러한 인식이 가능할 때 비로소 인간은 생명, 즉 살라는 명령에 충실할 수 있고, 살아 있는 선조들과 이웃들의 세계, 기쁨과 슬픔, 고통과 시련의 세계, 이 지구상에 서식하는 하나의 피조물로서 우리가 필연적으로 겪어야 하는 위험과 불안의 살아 있는 세계 속으로 용기 있게 걸어 들어갈 수 있다. 이 책에 실린 시들을 읽으며 나는 그 길로 걸어 들어가 성실하게 상처받는 한 인간의 내면을 얼핏 볼 수 있었다. 그 길은 누구나 걸어야 하는 길이지만 만만치 않은 길이다. 사랑과 이별, 외로움 역시 누구나 겪는 일이지만, 누구나 겪는 일이라고 해서 내게 쉬운 일은 결코 아니다. 공선옥 시인은 시를 쓰는 일을 통해 그 길을 걷고 있다.

시를 읽고 시를 쓰는 일이 우리 정신에 일으키는 효과를 흔히 '카타르시스'라 한다. 이 단어는 "승화"라는 고상한 말로 번역되었지만, 원래 그리스어로 katharijein이라는 동사는 잘 알려져 있듯이 "싸다", "배설하다"를 뜻한다. 응어리진 감정을 시로 쏟아내고 나면 속이 후련해진다고 할까. 그런 시의 효과를 가리켜 이 말이 나왔으리라고 짐작한다. 그러나 잘 알려지지 않은 이 말의 다른 뜻이 있다. katharijein은 '잘라내다'를 뜻하기도 한다. 외과적 수술에서 병을 일으키는 부분을 잘라내어 치료하듯이, 마음의 아픈 부분을 도려내어 내 안의 또 다른 '나'가 도려낸 부분을 찬찬히 보다 보면 자신도 모르게 어느 틈엔가 고통이 서서히 사라진다는 것이다. 이렇게 보면 시는 자신의 일부를 도려내는 아픈 성찰의 도구이면서 고통의 바다에서 익사하지 않고 살아남을 수 있게 하는 구조선이기도 하다.

누구에게나 시심詩心이 있지만, 누구나 시를 쓰지는 않는다. 그런데 공선옥은 시를 썼고, 시인이 되었다. 이 책에 실린 시들에서 공선옥은 자신의 일부를 도려내는 고통스러운 성찰을 통해 단단한 희망을 만들어가고 있다. 그 길에 '아버지를 닮은 듯도 하고 닮지 않은 듯도 한' 아들과 딸, 친구, 교우들의 사랑과 우정이 늘 함께하여 너무 외롭지 않았으면 좋겠다.

2021. 10. 31.

그 후로

공선옥 시집

사진 | 김남수

RAINBOW | 092

그 후로

공선옥 시집